ESTE LIBRO CANDLEWICK PERTENECE A:

To Abe, Leo, and Della, with love
M. B.

For my mom and dad, who bought me
my first bike with pop-bottle deposits
N. Z. J.

Text copyright © 2016 by Maribeth Boelts
Illustrations copyright © 2016 by Noah Z. Jones

First edition in Spanish 2019

Library of Congress Catalog Card Number pending

ISBN 978-0-7636-6649-1 (English hardcover)
ISBN 978-1-5362-0295-3 (English paperback)
ISBN 978-1-5362-0565-7 (Spanish paperback)

19 20 21 22 23 24 APS 10 9 8 7 6 5 4 3 2 1

Printed in Humen, Dongguan, China

This book was typeset in Frutiger.
The illustrations were done in watercolor, pencil, and ink and assembled digitally.

Candlewick Press
99 Dover Street
Somerville, Massachusetts 02144

visit us at www.candlewick.com

UNA BICICLETA COMO LA DE SERGIO

Maribeth Boelts

ilustrado por Noah Z. Jones

traducido por **TERESA MLAWER**

CANDLEWICK PRESS

Todos los niños tienen bicicleta menos yo.

Sergio monta su nueva bicicleta mientras yo corro
a su lado, sin aliento.

—Habla con tus padres otra vez —me dice Sergio—.
Ya viene tu cumpleaños.

Parece que a Sergio se le olvida que hay una diferencia
entre su cumpleaños y el mío.

—Es lo que más deseo —digo. Pero sé que los deseos no se cumplen sin dinero.

En la bodega de Sonny, Sergio compra un paquete
de cartas de fútbol.

Estoy en la cola, enojado, con el pan que mamá quiere,
detrás de la señora del abrigo azul, a quien vemos todo
el tiempo.

La señora se adelanta para pagar y recoge sus bolsas.
Con el trajín, su bolso se abre y un dólar cae flotando
al suelo. Nadie se da cuenta.

Recojo el dinero
rápidamente.

Veo que ella se va,
pero no la detengo:
es solo un dólar.

Cuando llego a casa, mamá le está dando de comer al bebé,
y los mellizos juegan con cazuelas que han sacado de la despensa.

—Mi Ruben —dice ella—, ¿tuviste un buen día?

Asiento con la cabeza, pero enseguida me pongo
a hacer otras cosas. El dólar, en mi bolsillo, es un secreto.

Más tarde, en mi cuarto, saco el billete arrugado
y lo miro fijamente.

No es un billete de un dólar, ni de cinco, ni de diez.

Es un billete de *cien dólares.*

Me tiemblan las manos.

Este dinero me alcanzaría para una bicicleta como la de
Sergio. Entonces no tendría que ir corriendo a la escuela;
iría en *bicicleta.*

Papá regresa a casa tarde del trabajo y arropa a mis hermanitos.
Cuando entra en mi cuarto, cierro los ojos bien apretados
y me quedo inmóvil como una piedra.

Por la mañana, guardo en mi mochila
el billete de cien dólares.

Cuando llego a la escuela, el señor Grady dice que hoy, en la clase de Matemáticas, vamos a aprender cosas sobre el dinero. Monta una pequeña tienda con monedas y billetes falsos, y pone anuncios de diferentes cosas que podemos comprar. Bromeo un poco y, sin perder tiempo, me gasto todo el dinero falso en un cámara.

Pero, en realidad, solo pienso en mi bicicleta.

De regreso a casa, entramos en la tienda de bicicletas.

Recorro todos los pasillos hasta que encuentro
una igual a la de Sergio, pero de color plateado.

—¡Oye, qué bien te ves en esa bicicleta! —dice Sergio,
lo cual es cierto.

Pero sé que si llego a casa en esa bicicleta, tendría que explicarles a mis padres de dónde saqué el dinero.

—Hablaré con ellos esta noche —digo.

—Choca esos cinco —dice Sergio.

En casa, mamá prepara una lista de mandados para el sábado. Cuenta el dinero que tiene en la billetera y tacha algunas cosas de la lista.

—Quizá la semana que viene —dice ella. Me mira y se sonríe.

Yo, con un billete de cien dólares en la mochila, y ella, tachando cosas.

Entonces me da un billete de cinco dólares y me dice:
—Mañana, cuando regreses de la escuela, ¿podrías parar
en la tienda de Sonny y comprar jugo de naranja?

Cuando menciona el nombre de Sonny, empiezo a sudar.

¿Y si me encuentro con la señora del abrigo azul?

Llevo mis cosas al cuarto, saco todos los papeles
de la mochila y entonces me doy cuenta:

el zíper que estaba cerrado, ahora está abierto.

Y el dinero que estaba dentro, ya no está.

Me dirijo a la puerta y, antes de salir, le digo a mamá:
—Regreso enseguida.

Hago el recorrido bajo la lluvia:
de la escuela a la tienda de bicicletas,
y luego de vuelta a casa.

Las hojas y los billetes
lucen iguales.

Lluvia y lágrimas se mezclan.

No lo encuentro por ninguna parte.

Al día siguiente, camino a la escuela encorvado y arrastrando los pies, mientras que Sergio maniobra círculos con su bicicleta.

—Mi hermano construyó una plataforma en el callejón cerca de casa —dice—. ¡Salí volando por los aires! Si te compras esa bicicleta, tú también podrás hacerlo.

No le digo a Sergio que no me voy a comprar ni esa ni ninguna otra bicicleta.

Estamos en clase y el día parece que no termina.

—¿Cuántas monedas de cinco centavos hay en un dólar? —pregunta el señor Grady—. ¿Cuántas monedas de veinticinco centavos hay en un billete de cinco dólares?

Cuando por fin suena la campana, guardo la tarea y las notas en mi mochila, y le digo a Sergio que se vaya solo a la casa.

Mientras todos se apresuran para salir, me fijo en un pequeño bolsillo cerrado que hay dentro de la mochila.

Este era el bolsillo, no el otro. Lo abro.
¡Soy rico de nuevo!

Pero si quiero esa bicicleta, tendré que
explicar lo del dinero.

Corro a la tienda de Sonny y voy hacia el fondo para buscar el jugo de naranja.

Alguien tropieza conmigo y se disculpa con una voz suave. Me viro.

Me quedo paralizado al ver a la señora del abrigo azul que va hacia la caja para pagar por un cartón de huevos.

Busca en su bolso.

Y en ese instante recuerdo cómo me sentí cuando el dinero que era de ella, y luego mío, desapareció.

Pongo el jugo de vuelta en la nevera. Y esta vez sí voy tras ella.

Ella camina por una calle, cruza otra
y pasa delante de la tienda de bicicletas.

Siento la boca seca.

—Perdone —le digo.

Se da la vuelta, y nos quedamos frente a frente.

Respiro nerviosamente, y las palabras tanto tiempo retenidas
brotan de mi boca.

—Sí, perdí un billete de cien dólares y lo he estado buscando
por todas partes —dice ella—. ¿Por qué me preguntas?
—dice ella haciendo un leve gesto con la cabeza.

Extiendo el brazo y abro el puño:

—Lo encontré —digo, y se lo
entrego aún doblado.

Su cara muestra sorpresa…,
luego alegría…
y finalmente ternura.

Toma mis manos entre las suyas, como si fuera
un sándwich, y me pregunta cuál es mi nombre.

—Gracias, Ruben —dice—. Eres mi bendición.

Estoy feliz, y confundido, siento
satisfacción, pero también pesar,
por algo bien hecho, por algo perdido.

En la casa todos me esperan, y cuento la historia del dinero perdido y encontrado.

—Lo que hiciste no fue fácil —dice papá poniéndome una mano sobre el hombro—, pero hiciste lo correcto.

Mamá me acerca y me abraza.

—Estamos muy orgullosos de ti —dice ella.

Y en ese tierno hogar, con mi familia a mi
alrededor y mi cumpleaños por llegar…,
yo también me siento orgulloso.